LES
DISTIQUES POPULAIRES
DU NIPPON

EXTRAITS

DU

GI-RETŬ HYAKŬ-NIN IS-SYU

TRADUITS POUR LA PREMIÈRE FOIS DU JAPONAIS

Par LÉON DE ROSNY

Professeur à l'École spéciale des Langues Orientales, Membre correspondant de
la Société des Études Japonaises.

NUNC PATET
LOTOS

PARIS

MAISONNEUVE ET Cᶦᵉ, ÉDITEURS
25, quai Voltaire.

—

1878

EXTRAIT DES

Mémoires de la Société des Études Japonaises

N° 2 — Tome I — 1877.

LES
DISTIQUES POPULAIRES DU NIPPON

EXTRAITS DU

GI-RETŬ HYAKŬ-NIN IS-SYU

TRADUITS POUR LA PREMIÈRE FOIS DU JAPONAIS

Par LÉON DE ROSNY

Membre correspondant.

'AI publié, dans mon *Anthologie japo-naise*, une collection de ce genre de poésies que les indigènes du Nippon appellent 和歌 *uta*. Cette collection a été accueillie avec une bienveillance inattendue, car je n'avais pu me dissimuler combien ces distiques, si appréciés à l'extré-mité de l'Orient, possédaient peu des qualités que nous re-cherchons dans les compositions versifiées de tous les temps et de tous les climats. Les amis des lettres orientales y ont vu la note dominante de l'esprit à la fois rêveur et mélancolique de la nation japonaise; ils ont accueilli avec indulgence l'expression de quelques pensées heureuses, formulées avec une remarquable sobriété de mots dans la langue du Yamato;

ils se sont montrés sympathiques aux accents rhythmés d'une
civilisation naguère inconnue, qui a conquis en peu d'an-
nées une place si remarquable dans le vaste domaine ou-
vert, au-delà des mers, à notre curiosité et à notre sollici-
tude.

Parmi les recueils de distiques populaires dont j'ai donné
des spécimens (1), se trouve une collection célèbre au Japon
sous le titre de 百人一首 *Hyakŭ-nin is-syu* « Pièces
des Cent poëtes (célèbres) ». Cette collection, que tous les
indigènes apprennent par cœur dès leur enfance, et dont ils
se font un plaisir de citer à l'occasion quelques vers, ou
même seulement quelques hémistiches (2), a obtenu, comme
je l'ai dit, une telle vogue au Japon, qu'elle n'a pas tardé à
être l'objet d'imitations de toutes sortes.

L'une de ces imitations est intitulée 義烈百人
一首 *Gi-retŭ Hyakŭ-nin is-syu* « Pièces des Cent poëtes
patriotiques ». A la demande de mes collègues de la Société des Études japonaises, je ferai à ce recueil quelques
emprunts, que j'accompagnerai de courtes appréciations
et de remarques philologiques dans l'intérêt des personnes
qui étudient la littérature de l'Asie orientale.

I

La plupart de ces *uta* n'ont d'autre intérêt que celui qui

(1) Dans mon *Anthologie japonaise*, Poésies anciennes et modernes
des insulaires du Nippon, traduites en français et publiées avec le
texte original. Avec une Préface, par Ed. Laboulaye, de l'Institut.
Paris, 1871; in-8.

(2) Une sorte de récréation littéraire, en usage dans les écoles du
Nippon, consiste à prononcer le premier vers de l'une des pièces de
ce recueil, et à jeter aussitôt un objet à l'un des joueurs qui doit
immédiatement compléter le distique, sous peine d'avoir à payer une
amende ou à donner un gage.

s'attache aux circonstances dans lesquelles ils ont été composés. S'agit-il d'un souhait de longévité, le poëte écrit :

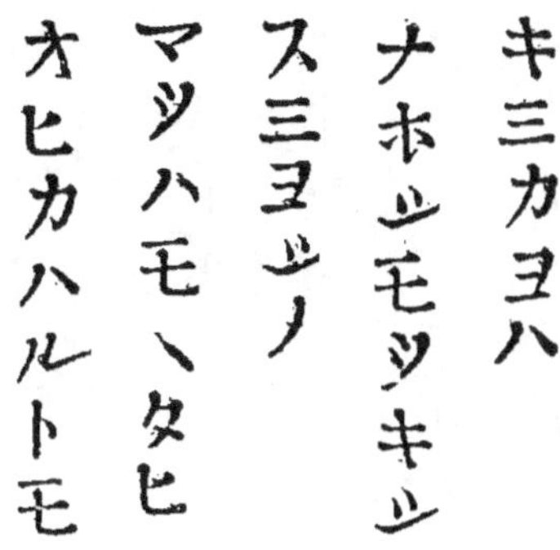

Kimi-ga yo-wa
Nahosi mo ţŭkizi
Sŭmi-yosi-no
Maţu va mo mo tabi
Ohi kavaru tomo (1)

(Minamoto no Sanetomo kô).

« Bien que les pins de Soumiyosi, d'âge en âge, périssent de vétusté, l'âge de votre seigneurie ne se consumera point ».

Yo 代, « la vie, l'âge, le siècle ».

Tŭkizi, négatif de 盡 *ţŭkiru*, « épuiser, consumer, dépenser ».

Ohi « la vieillesse », chin. 老.

II

Tantôt il s'agit d'un vieillard qui se rappelle tristement

---

(1) *Gi-reţŭ Byakŭ-nin is-syu*, pièce 1.

ces jours de la jeunesse, où le chant du coucou venait accompagner les accents de son amoureux délire :

ホトヽキス
ナホヒトコヱヲ
オモヒイテヨ
オヒツノモリヲ
ヨハノムカシヲ

Hototogisŭ !
Naho hito koyewo
Omo'i-ide yo
Ohiso-no mori-no
Yo-va-no mukasiwo (1)

     (*Kîno kami Nori-miţŭ*).

« O coucou ! encore un cri, pour rappeler à mon souvenir, dans la forêt de ma vieillesse, l'heure de minuit d'autrefois ».

Hototogisŭ 時鳥 « le coucou » oiseau populaire du Japon (2).

Omo'i - ide 思出 « faire surgir dans la pensée, rappeler ».

Ohiso 老 « la vieillesse », expression particulière au style poétique et qui manque dans les dictionnaires.

Yo-va 夜半 « le minuit ».

---

(1) *Gi-reţŭ Hyakŭ-nin is-syu*, pièce 2.
(2) Voy., sur ces oiseaux, mon *Anthologie japonaise*, p. 129.

J'aurais voulu pouvoir examiner, dans les annotations jointes à ces distiques, les principes de la phraséologie poétique des Japonais. Ne pouvant disposer que d'un nombre de pages invariablement fixé à l'avance, je dois, à regret, remettre cet examen à une autre occasion. On me permettra, du moins, de traduire en prose un de ces *uta*, de façon à donner un spécimen des inversions fréquentes dans le style de la poésie : *Hototogisŭ! Ohiso-no mori-no yo-va-no mukasiwo omo'i iďŭru tame-ni, naho hito koyewo kikan to hossŭ.*

Il y a, dans la comparaison de ces deux formes du langage japonais, matière à une étude très-intéressante pour la philologie et sur laquelle j'appelle l'attention des Japonistes.

III

ナツノノヘ
クサ゚タカクレ
ユク三ツノ
タエヌオモヒハ
アルトヲラスヤ

Natŭ-no no-no
Kusa sita gakure
Yuku miďŭ-no
Taenu omo'i-va
Aru to sirazŭ ya! (1)

(*Yaťŭ-da Tomo-iye*).

---

(1) *Gi-retŭ Hyakŭ-nin is-syu*, pièce 3.

« Ne savez-vous pas qu'il est une pensée sans fin,
comme le ruisseau qui coule l'été dans les champs,
caché sous les herbes? »

Kusa sila 艸下 « sous les plantes ».

Gakure, de *kakureru* 隱 « être caché ».

Yuku-miḓŭ 行水 « l'eau qui court ».

Taenu, négatif de 絶 *taeru* « cesser, finir, s'épuiser ».

IV

ユフサレハ
タマヌクノヘノ
シユナカラ
カセニマッチル
アキハキノハナ

Yu'uzareba
Tama nuku no-be-no
Tŭyu nagara
Kaze-ni maḓŭ țiru
Aki-hagi-no hána (1)

(A no-no Zen-zyau).

« A la nuit tombante, semblable à la rosée des
champs, transparente comme des pierreries, je dis-

______

(1) *Gi-rețŭ Hyakŭ-nin is-syu,* pièce 6.

paraîtrai prématurément, tel que la fleur de hagi,
l'automne, au souffle du vent ».

Yu'usareba « l'arrivée de la nuit » — Le Dictionnaire de
M. Hepburn n'est pas absolument exact, quand il traduit
yusari 夕去 par « the night ».

Tama-nuku 玉 « transparent comme une pierre
précieuse ».

No-be 野边 « les champs ». — M. Hepburn, dans son
Dictionnaire, explique ce mot, à tort je crois, par *moor*
« lande, marais ».

Tŭyu nagara 露 « étant (comme) la rosée ».
— *Nagara* forme le gérondif, par exemple : *yomi-nagara*
« en lisant »; — *watakŭsi-va tabakowo nomi-nagara hanasŭ*
« je cause en fumant ». Cette particule est souvent rem-
placée, dans le style de la poésie, par *tŭtŭ* (qu'il ne faut
pas confondre avec *dŭtŭ*), ex. *yomi-tŭtŭ*, etc.

Maḍŭ-tirŭ « avant d'être dispersé, avant l'heure de la
mort, prématurément ».

Aki-hagi 秋萩 « le Hagi d'automne » (Lespedeza).

V

Les jeux de mots ne déplaisent pas aux poëtes japonais.
Quelques-uns même cultivent, — comme j'ai eu l'occasion
de l'expliquer par des exemples (1), — le calembour avec un
certain succès. Ici, c'est un célèbre brigand du Nippon qui

______

(1) Dans mon *Anthologie japonaise,* p. xxi et pass.

profite de l'homophonie des mots *ha* « feuille », et *ha* « dent », pour composer un distique à double entente :

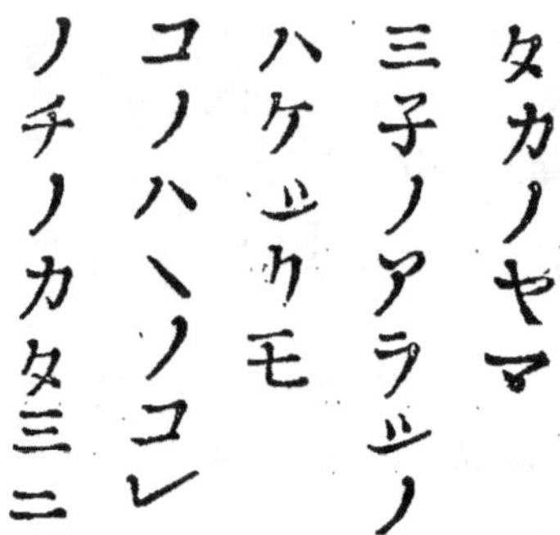

Taka-no-yama
Mine-no arasi-no
Hagesiku mo
Kono ha va nokore
Noti-no katami-ni (1)

(*Kuma-saka Tyau-hen*).

« Sur le pic de la Montagne des Champs-Élevés, quelque menaçante que soit la tempête, que ces feuilles (ces dents) restent en souvenir à la postérité ! »

Taka-no-yama 高野山 , nom de montagne.

Arasi 嵐 « tempête, ouragan, vent violent ».

Hagesi 烈 « violent, menaçant ».

Ha, écrit phonétiquement : は ; en écriture idéographique : *ha* 葉 « des feuilles d'arbres », ou *ha* 齒 « des dents ».

---

(1) *Gi-reţŭ Hyakŭ-nin is-syu*, pièce 9.

Nokore 殘, impératif du verbe *nokoreru* « rester, de-
meurer ».

Katami 記念 désigne « un souvenir laissé à un parent
ou à un ami intime ».

Le brigand, qui a composé ce morceau, veut faire en-
tendre qu'en dépit de tout, la terreur de son nom passera
à la postérité.

VI

Ce sont maintenant les regrets d'un vieillard qui se rappelle les nuits agitées de sa jeunesse :

Nenu ni misi
Mukasi-no yŭme-no
Na-gori tote
Ohi-no namida-ni
Nokoru ṭŭki kage (1)
(Tô-no Tane-yuki Niu-dau So-zen).

« L'éclat de la lune se réfléchit dans mes larmes

----

(1) *Gi-reṭŭ Hyakŭ-nin is-syu*, pièce 16.

de vieillard, me rappelant les rêves que j'ai faits autrefois, durant les nuits où je ne dormais pas (1) ».

VII

オ　ワ　ア　シ　ク
モ　カ　キ　ユ　サ
ヒ　ツ　ツ　ケ　ハ
ケ　テ　ト　カ　ノ
ル　ヲ　ハ　ル　ミ
カ　ラ　　　ヘ
ナ　テ　　　キ

Kusa-ba nomi
Tŭyu ke karu beki
Aki zo to va
Waga sode sirade
Omo'i keru kana (2)

(Bi-tô Kage-ţŭna).

« Celui qui croit qu'il n'y a que les herbes en automne qui soient humides de rosée, pense, hélas! sans savoir que ma manche est mouillée (par mes larmes) ».

Kusa-ba 艸 葉 « les feuilles des plantes ».
Nomi 而 巳 « seulement ».
Sirade « ne sachant pas, ignorant » (不 知).

---

(1) C'est-à-dire « durant des nuits consacrées à l'amour ».
(2) *Gi-reţŭ Hyakŭ-nin is-syu*, pièce 17.

VIII

Autre pensée mélancolique du poëte qui ne peut retenir, cachées dans son cœur, les pensées qui ne cessent de l'agiter :

シノハレム
オリフッコトノ
コトノハヲ
アワレノコセル
ミツクキノアト

Sinobaren
Orifusi goto-no
Koto-no ha-wo
Aware nokoseru
Miḍŭ-guki-no ato (1)

(*Kiku-ḍi Zi-rau Take-hilo*).

« Chaque fois que je ne me sens plus capable de contenir la pensée (qui m'oppresse), je laisse hélas ! une trace écrite ».

Sinobaren, forme négative de *sinobu* 忍 « supporter avec patience, endurer ».

Miḍŭ-guki 水茎 « un écrit, quelque chose de tracé au pinceau », locution difficile qui manque dans les dictionnaires.

---

(1) *Gi-reḷŭ Hyakŭ-nin is-syu*, pièce 29.

IX

Ailleurs, ce sont les serments d'amoureux qui jurent que rien ne pourra les empêcher de se réunir un jour :

タキツセニ
チリテワカル丶
サクラハナ
ナカレノスヘニ
マタヤアフラム

Taki-ţŭ-se-ni
Tirite wakaruru
Sakura bana
Nagare-no sŭye-ni
Mata ya a'uran (1)

Ka-gava Hyau-bu-no lai-fu Haru-ţŭgu).

« Les fleurs de cerisier, qui se dispersent dans les rapides du torrent, à la fin du courant finiront par se rencontrer ».

Nagare-no sŭye 流 Ҩ 末 « la fin du courant ».

A'uran, du verbe 逢 ふ *a'u* « se rencontrer, se mettre en rapport, avoir des rapports avec une personne ».

---

(1) *Gi-reţŭ Hyakŭ-nin is-syu*, pièce 70.

X

Enfin, dans la pièce suivante, il s'agit d'un jeune homme
qui, se voyant réduit à mourir avec son père les armes à
la main, tient à précéder dans la tombe celui qui lui a donné
le jour :

マテツハツ
ワレヤワタリテ
ミツセカハ
アサミフカミヲ
キミニツラセム

Mate sibasi
Ware ya watarite
Miṭŭ-se gawa
Asami fukamiwo
Kimi-ni sirasen (1)

　　　　　(*Ga-ma'u Dai-zen*).

« Attendez un moment, pour vous faire connaître
la profondeur de la rivière Mitsouse (qui nous con-
duit à l'autre bord), moi, je la traverserai avant
vous ».

Sibasi 𛀁 𛀁 𛀁, synonyme de *sibaraku* « un moment ».

Ya 也 , particule admirative ajoutant de la vigueur au mot auquel elle est attachée J'ai essayé d'en donner l'équivalent dans ma traduction, en faisant usage d'un double pronom : « *moi*, je la traverserai..... »

Asami-fukami 淺深, litt. « les non-profondeurs et les profondeurs », c'est-à-dire « le plus ou moins de profondeur ».

Miţŭ, forme poétique pour *miru* « voir », produisant ici une espèce de jeu de mots très-fréquent dans les *uta*, et que j'ai expliqué dans mon *Anthologie japonaise*. — *Watarite-miţŭ*, dans le premier sens, repond assez bien à notre locution « je vais voir à passer ».— *Miţŭ-se gawa* « l'autre rive, la rivière qui nous sépare de la mort »; dans le second sens, « je vais mourir avant vous, m'assurer avant vous de ce qu'est le passage de la vie à trépas ».

Miţŭ-se gawa semble faire allusion, dans cette poésie, au Styx des Japonais, que, dans la langue vulgaire, on appelle *Sai-no-kawa*; d'où cette locution : *Sai-no kawawo wataru* « passer la rivière de Sai-no kawa », c'est-à-dire « mourir ».

PARIS. — IMPR. DE Mme Ve BOUCHARD-HUZARD, RUE DE L'ÉPERON, 5 ;
JULES TREMBLAY, GENDRE ET SUCCESSEUR.

www.ingramcontent.com/pod-product-compliance
Lightning Source LLC
LaVergne TN
LVHW010107060726
842524LV00006B/2367